Y Bwystfil Gwyrdd
Llamsachus

I Josephine Julia – J. D.

I Lily – H. O.

Cyhoeddwyd gan Rily Publications Ltd, Blwch Post 257, Caerffili CF83 9FL
Hawlfraint yr addasiad © 2017 Rily Publications Ltd
Addasiad Cymraeg gan Mererid Hopwood

ISBN 978-1-84967-382-2

Cyhoeddwyd yn wreiddiol yn Saesneg yn 2017 fel llyfr lluniau
The Giant Jumperee gan Penguin Random House UK.
Wedi'i seilio ar y ddrama *The Giant Jumperee* gan Julia Donaldson
a gyhoeddwyd fel rhan o gyfres Pearson Rigby Star yn 2000.

Hawlfraint y testun © Julia Donaldson 2017
Hawlfraint y darluniau © Helen Oxenbury 2017

Gan mai stori ar ffurf mydr ac odl yw hon, addasiad yn hytrach na chyfieithiad yw'r testun Cymraeg.
As this is a story with rhyming text, the Welsh text is an adaptation rather than a translation.

Mae'r awdur a'r darlunydd wedi datgan eu hawl moesol.
Argraffwyd yn China.
Daw'r papur o ffynonellau cynaliadwy.
Mae'r cyhoeddwr yn cydnabod cefnogaeth ariannol Cyngor Llyfrau Cymru.

RILY

rily.co.uk

Y Bwystfil Gwyrdd Llamsachus

gan
JULIA DONALDSON

addasiad
MERERID HOPWOOD

darluniau gan
HELEN OXENBURY

Roedd Cwningen yn sboncio tuag adref un diwrnod,
pan glywodd lais mawr yn dod o grombil ei gwâl.

"Fi yw'r
BWYSTFIL GWYRDD
LLAMSACHUS
a does neb yn fwy
peryglus!"

"Help! Help!" gwaeddodd Cwningen.

"Beth sy'n bod, Gwningen?" holodd Cath.

"Mae Bwystfil Gwyrdd Llamsachus
yn fy ngwâl!" meddai Cwningen.

"Paid â phoeni," meddai Cath.
"Gallaf sleifio i mewn a llamu'n sydyn arno!"

Felly, sleifiodd Cath i gyfeiriad y wâl.

Ond wrth iddi nesáu, clywodd lais mawr.

"Fi yw'r
BWYSTFIL GWYRDD
LLAMSACHUS
a does neb yn fwy
arswydus!"

"Help! Help!" mewiodd Cath.

"Beth sy'n bod, Gath?" holodd Arth.

"Mae Bwystfil Gwyrdd Llamsachus
yng ngwâl Cwningen!" meddai Cath.

"Paid â phoeni," meddai Arth.
"Gallaf roi fy mhawen flewog
i mewn a'i fwrw i'r llawr."

11

Felly, cerddodd Arth yn gryf
ac yn bwysig i gyfeiriad y wâl.
Ond wrth iddi roi ei phawen flewog
i mewn, clywodd lais mawr.

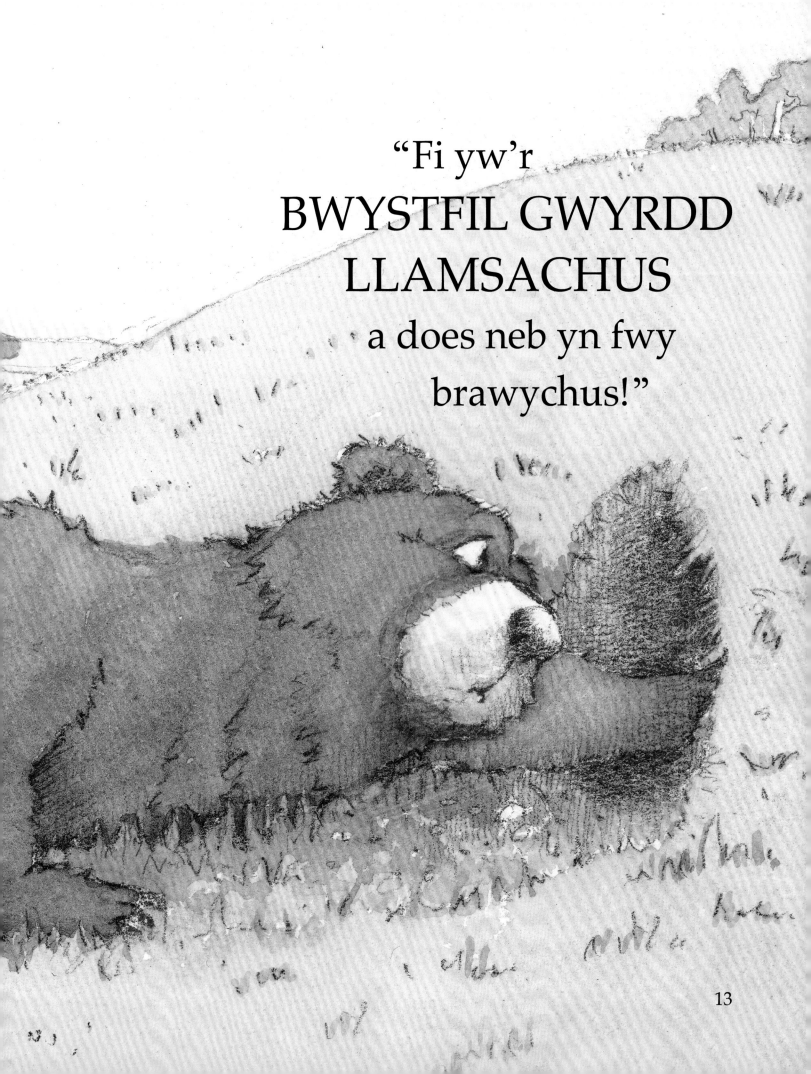

"Fi yw'r
BWYSTFIL GWYRDD
LLAMSACHUS
a does neb yn fwy
brawychus!"

"Help! Help!" rhuodd Arth.
"Beth sy'n bod, Arth?" holodd Eliffant.

"Mae Bwystfil Gwyrdd Llamsachus
yng ngwâl Cwningen!" meddai Arth.

"Paid â phoeni," meddai Eliffant.
"Gallaf lapio fy nhrwnc o'i amgylch
a'i fwrw i ebargofiant."

16

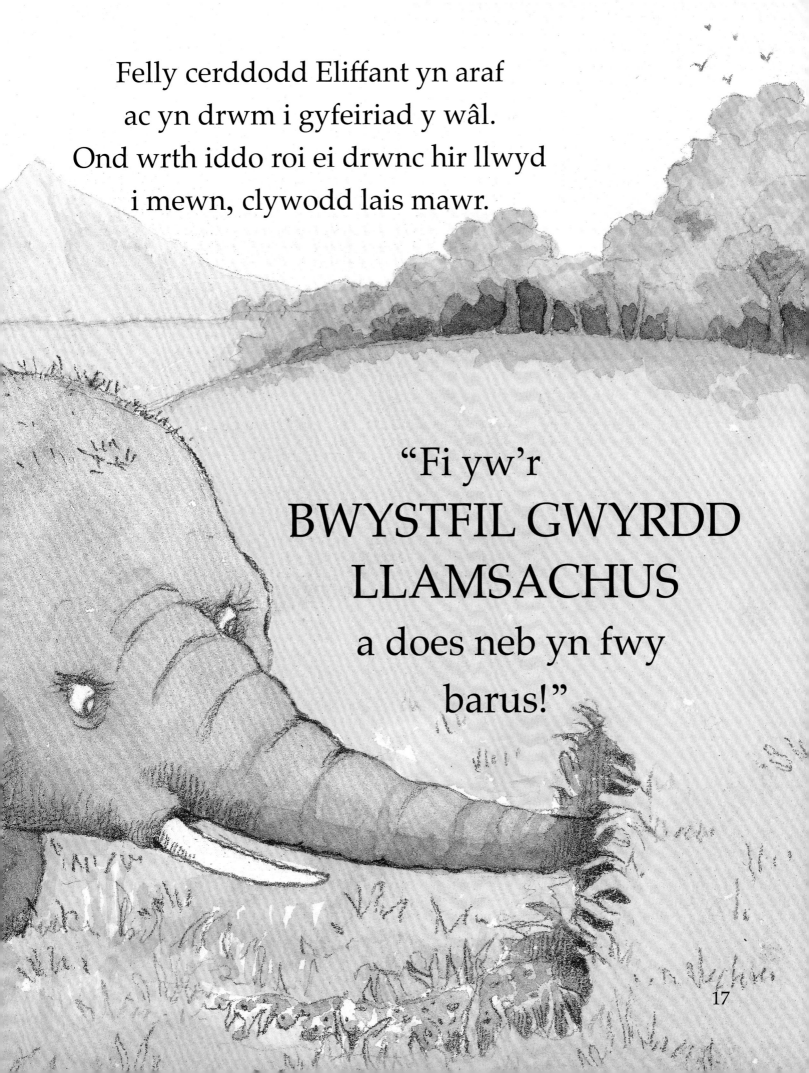

Felly cerddodd Eliffant yn araf
ac yn drwm i gyfeiriad y wâl.
Ond wrth iddo roi ei drwnc hir llwyd
i mewn, clywodd lais mawr.

"Fi yw'r
BWYSTFIL GWYRDD
LLAMSACHUS
a does neb yn fwy
barus!"

17

"Help! Help!" trympedodd Eliffant.

"Beth sy'n bod, Eliffant?" holodd Mami Broga.

"Mae Bwystfil Gwyrdd Llamsachus
yng ngwâl Cwningen!" meddai Eliffant.

"Paid â becso," meddai Mami Broga.
"Fe ddweda' i wrtho am ddod allan."

"Na, na! Peidiwch! Peidiwch!"
meddai'r holl anifeiliaid eraill.

"Mae'n ofnadwy o beryglus,"
meddai Cwningen.

"A does neb yn
fwy arswydus,"
meddai Cath.

"Na neb yn fwy brawychus," meddai Arth.

"Na neb yn fwy barus," meddai Eliffant.

Ond thalodd Mami Broga ddim sylw o gwbl.

Neidiodd i gyfeiriad y wâl.

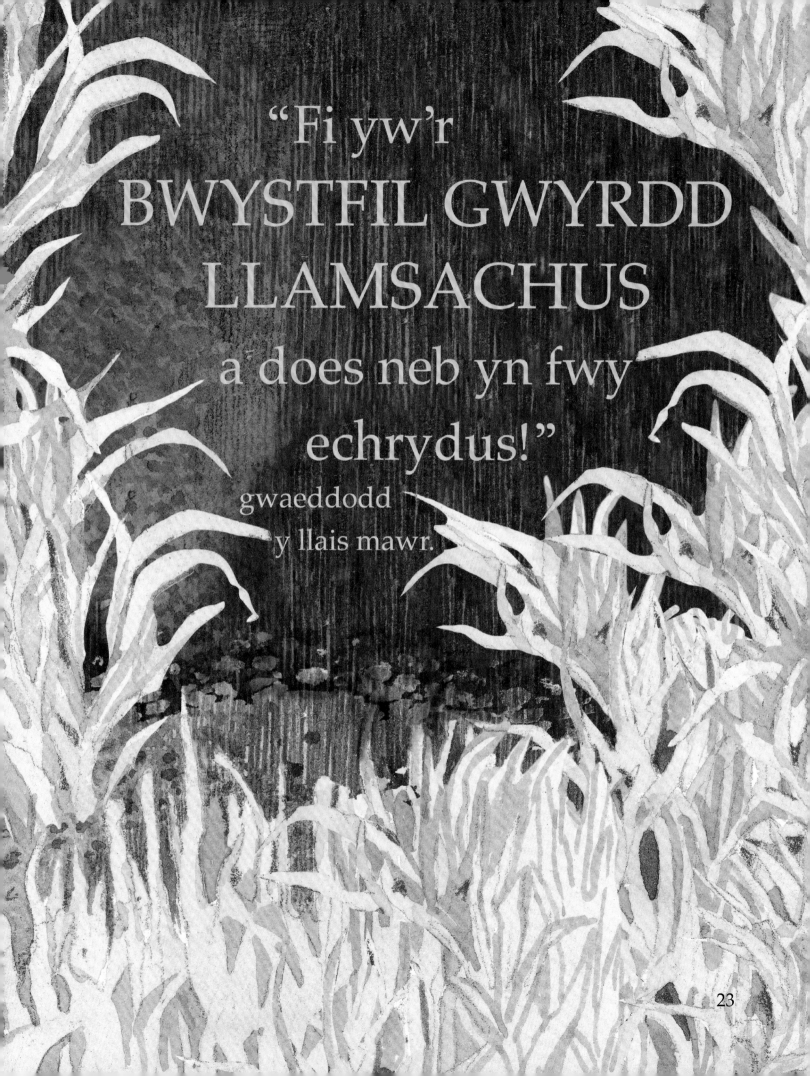

"Fi yw'r
BWYSTFIL GWYRDD
LLAMSACHUS
a does neb yn fwy
echrydus!"
gwaeddodd
y llais mawr.

Ciliodd yr anifeiliaid eraill mewn braw.

Ond doedd dim ofn ar Mami Broga.

"Dere, FWYSTFIL," meddai hi,
"i ni gael gweld dy wyneb di.
Neidia allan – ar ôl tri!

Un . . .

dau . . .

TRI!"

A gyda hynny,
beth neidiodd o'r wâl ond . . .

. . . Babi Broga!

"Helô, Mam! Fi yw'r BWYSTFIL GWYRDD LLAMSACHUS!"

27

"Ac mae'n bryd i ti ddod adre!"
meddai Mami Broga'n hapus.

The Giant Jumperee

4 Rabbit was hopping home one day when he heard
a loud voice coming from inside his burrow.

5 "I'm the GIANT JUMPEREE and
I'm scary as can be!"

6 "Help! Help!" cried Rabbit.
"What's the matter, Rabbit?" asked Cat.
"There's a Giant Jumperee in my burrow!" said Rabbit.

7 "Don't worry," said Cat.
"I'll slink inside and pounce on him!"

8 So Cat slunk up to the burrow.
But just as she was about to slink
inside she heard a loud voice.

9 "I'm the GIANT JUMPEREE and
I'll squash you like a flea!"

10 "Help! Help!" miaowed Cat.
"What's the matter, Cat?"
asked Bear.
"There's a Giant
Jumperee in
Rabbit's burrow!"
said Cat.

11 "Don't worry,"
said Bear.
"I'll put my big
furry paw inside and
knock him down."

12 So Bear swaggered up to the burrow.
But just as he put his big furry paw inside
he heard a loud voice.

13 "I'm the GIANT JUMPEREE and
I'll sting you like a bee!"

14 "Help! Help!" bellowed Bear.
"What's the matter, Bear?" asked Elephant.
"There's a Giant Jumperee in Rabbit's burrow!"
said Bear.

15 "Don't worry," said Elephant.
"I'll wrap my trunk round him and toss him away."

17 So Elephant stomped up to the burrow.
But just as he put his long grey trunk inside
he heard a loud voice.
"I'm the GIANT JUMPEREE and
I'm taller than a tree!"

19 "Help! Help!" trumpeted Elephant.
"What's the matter, Elephant?" asked Mummy Frog.
"There's a Giant Jumperee in Rabbit's burrow!"
said Elephant.
"Don't worry," said Mummy Frog.
"I'll tell him to come out."

20 "No, no! Don't do that!" said all the other
animals. "He's as scary as can be," said Rabbit.
"He can squash you like a flea," said Cat.

21 "He can sting you like a bee," said Bear.
"And he's taller than a tree," said Elephant.
But Mummy Frog took no notice of them.

22 She jumped up to the burrow.

23 "I'm the GIANT JUMPEREE
and you're terrified of me!"
came the loud voice.

24 The other animals backed away.
But Mummy Frog
wasn't scared.
"Come on out,
GIANT JUMPEREE!"
she said. "You're the
one we want to see,
so I'm counting up
to three!

25 One... two... THREE!"
Then out jumped...

26 ...Baby Frog!

27 "Hello, Mum!
I'm the GIANT JUMPEREE!"

29 "And you're coming home to tea!"
said Mummy Frog.